Der Raufbold

Wie das Eifeldorf Wiesental berühmt wurde

Rainer Nahrendorf

Deutsche Nationalbibliothek, CIP Einheitsaufnahme
Die Deutsche Nationalbibliothek verzeichnet diese Publikation
in der Deutschen Nationalbibliografie.
Detaillierte bibliografische Daten sind im Internet über
http://dnb.ddb.de abrufbar.

© 2020 Rainer Nahrendorf
Schriftsatz: Dr. Bernd Floßmann. IhrTraumVomBuch.de
Verlag und Druck: tredition GmbH
Halenreihe 40-44
22359 Hamburg

978-3-347-09791-9 (Paperback)
978-3-347-09792-6 (Hardcover)
978-3-347-09793-3 (e-Book)

Der Raufbold

Wie das Eifeldorf Wiesental berühmt wurde

Mit Videos

Rainer Nahrendorf

Inhalt

Kampflustiger Hahn

Vorwort

Liebe Kinder, liebe Eltern,

zuweilen geschehen auf einem Bauernhof seltsame Dinge. Ein Hahn stürzt sich kampfeslustig auf Besitzer und Besucher. Wer dann nicht Reißaus nimmt oder den Hahn packt und ihn beruhigt, auf den hackt er ein. Der Fluch „Verrücktes Huhn" ist kein Friedensangebot. Er müsste auch richtigerweise „verrückter Hahn" heißen, denn Hennen drehen selten durch. Beschimpfungen und Abwehrversuche mit dem Besen könnten seinen Aggressionstrieb noch anstacheln. Dies Büchlein will erklären, warum manche Hähne so aggressiv sind und was zu tun ist.

Das Buch ist multimedial angelegt. Mit den Augen etwas zu sehen, prägt sich stärker ein als viele Worte. Deshalb gibt es am Schluss des Buches QR-Codes und Weblinks. QR Codes sind kleine Wirrwarrwürfel, hinter denen sich ein Link verbirgt. Man muss den QR-Code einscannen und kann dann ein Video sehen, vorausgesetzt, man hat eine Internetverbindung. Um ihn in das Smartphone oder Tablet einzuscannen, braucht man einen QR-Code-Scanner. Die App für einen solchen Scanner ist meistens kostenlos. Man richtet ihn dann auf den Code und wartet auf das Signal, dass der Scanner den Code fokussiert und einliest. Damit man auch am PC die Videos sehen kann, stehen vor den Codes die Bezeichnungen der Titel dieser Filmchen. Diese muss man in die Suchmaske von YouTube oder Google eintragen, und YouTube oder der Browser zeigen dann den Film. Im Ebook muss man die Weblinks anklicken, die neben den QR-Codes stehen. Es kann sein, dass ein Video nicht mehr verfügbar ist. Dann ist es vom Server oder aus einer Mediathek gelöscht. Das bedauere ich.

Nicht alle Videos sind spaßig. Dies gilt ganz besonders für das Video über die Hahnenkämpfe auf den Philippinen. Sie sind Tierquälerei und kein Sport zum Wetten. Ich habe es aber dennoch in dieses Büchlein aufgenommen, weil das Leben nicht immer ein Spaß ist. Ich glaube, auch die aggressiven Hähne haben keinen Spaß daran, Kinder und Erwachsene anzugreifen, sondern wollen nur ihre Hennen beschützen – mit vollem Einsatz. Deshalb sollte man sie nicht provozieren, sondern in Ruhe lassen.

Bitte sucht das Dorf nicht. Wiesental ist zu schwer zu finden. Ich hoffe, dieses Büchlein trägt nicht nur zur Belustigung der Leser, sondern auch zur Freundschaft zwischen Menschen und Hähnen bei.

Rainer Nahrendorf, im Frühsommer 2020

Meine Hass-Liebe zu Rocky

Ein Erfahrungsbericht von Bettina Boemans

Ein Buch über aggressive Hähne klingt witzig. Da muss ich direkt wehmütig an meinen Lieblingsgockel „Rocky" denken, mit dem mich in Südafrika eine innige Hass-Liebe verbunden hat. Als ich das halbe Jahr dort gelebt hatte, kam der Riesenhahn als Handaufzucht irgendwann in die Obhut des Geiercenters. Wenn das Riesenvieh gerannt kam, klang es wie der T-Rex bei Jurassic Park, und der Boden hat gebebt. Leider wusste das Vieh, wo ich morgens immer das Hühnerfutter hingebracht habe.

Eines Tages wollte er nicht warten, bis ich die zehn Meter gelaufen bin, sondern wollte mir den Fressnapf direkt aus der Hand klauen. Leider hat er Anlauf genommen und mir dann mit einem Kung Fu Tritt seinen 10 cm langen Sporn in die Kniekehle gerammt. Durch die Jeans durch hatte ich einen blutigen Kratzer und zwei Wochen einen faustgroßen lila Bluterguss. Nach dieser Aktion gab ich ihm den Namen „Rocky". Da er auch jeden Morgen gegen vier Uhr meinte, mich inbrünstig wachkrähen zu müssen, hatte ich mir 101 Ideen überlegt, aus diesem Vieh einen Chicken Döner zuzubereiten.

Bettina Boemans und Rocky

Aber trotz allem mochte ich dieses Vieh abgöttisch! Seinen perfekten Hahnenschrei habe ich noch immer als Weckerton auf meinem Handy eingestellt – netterweise konnte mir jemand sein Gekrähe aufnehmen und überspielen.

Nach meiner Rückkehr knapp ein Jahr später war er noch da und wich mir nicht mehr von der Seite, seit ich das Taxi verlassen hatte. Diesmal aber ganz friedlich. Wir haben stundenlang Schulter an Flügel rumgesessen. Nur das Streicheln habe ich mich nicht getraut, weil ich Angst um meine Hand hatte. Zum Abschied hat einer es geschafft, ihn einzufangen und es entstand das Mutproben-Foto, das ihr hier seht. Als ich einige Monate später wieder nach Südafrika reisen wollte, kam eine Woche vor Rückkehr die traurige Nachricht, dass Rocky eingeschläfert werden musste. So ein mieses Timing, wo ich mich so sehr auf das Wiedersehen gefreut hatte – als wäre er ein Geier! Weil die Chefin wusste, wie sehr mir Rocky am Herzen lag, hat sie ihn einäschern lassen und seine Asche aufgehoben, sodass wir gemeinsam eine kleine Abschiedszeremonie für ihn abhalten konnten: für den besten Hahn der Welt!!!

Bettina Boemans betreibt den Geier-Blog „Faszination Geier" https://geierwelt.blogspot.com *und ist die Coautorin des Kinderbuches „Geier Georg auf der Flucht".*

Der Gnadenhof ähnelte diesem Foto vom Haus Scheuerheck im
LVR-Freilichtmuseum Kommern
(Foto c Hans-Theo Gerhards, LVR)

https://kommern.lvr.de/de/startseite/startseite.html

12

Ein Gnadenhof in Wiesental

Wiesental war lange ein friedliches Dorf. Es war schwer zu finden und zählte nicht einmal 50 Einwohner. Jeder kannte jeden, alle duzten sich. Und einige wussten mehr über einen, als man selbst von sich wusste. Das erfuhr man dann von Freunden oder Nachbarn, die es angeblich gut mit einem meinten, indem sie von dem neuesten Dorftratsch berichteten.

Im Tal der Ihren und Our

Man hätte denken können, wenn es eine Gegend gibt, in der der Hund begraben ist, dann ist es die abgelegene deutsch-belgische Grenzregion am Oberlauf der Our, einem Nebenfluss der Sauer. Der Fluss schlängelt sich hier durch ein idyllisches Tal, saftig-grüne Auen, die Hänge sind Mitte Mai in leuchtendes Eifelgold, üppig blühende Ginsterbüsche getaucht. Einer der schönsten Radwege der Eifel-Ardennen verläuft hier.

Die sehr schöne Naturlandschaft liegt wenige Kilometer vor St. Vith zwischen den Weilern Hemmeres, Elcherath und Lommersweiler. Wer sich mit der wechselvollen Geschichte der Region beschäftigt, ist froh, dass die Deutschen heute in Frieden mit ihren Nachbarn in einem zusammengewachsenen Europa leben. In Hemmeres, in der alten Bannmühle übernachtete im September 1944 Ernest Hemingway, als er die amerikanischen Truppen als Kriegsberichterstatter bei ihrem Vorstoß nach Deutschland begleitete. Bis zum Ende des Zweiten Weltkrieges führte ein Abschnitt der Vennbahn durch das Dorf. Gleich, ob die Bewohner Deutsche oder Belgier waren, alle verstanden sich, denn hier sprach man dasselbe Platt. Das galt für den Dialekt.

Sie verstanden aber nicht, was einer der ältesten Bewohner von Wiesental trieb. Der Mann hieß Georg Krapinski. Er war nach dem Krieg aus der heute zu Polen gehörenden

Kaschubei in die Eifel gekommen. Mehr als 45 Jahre hatte er als landwirtschaftlicher Helfer auf verschiedenen Höfen gearbeitet. Aber die schwere Arbeit in den Ställen und auf den Feldern hatte seiner Gesundheit zugesetzt. Wenn er sich gebeugt über den Hof des kleinen halbverfallenen Bauernhauses schleppte, konnte man nur Mitleid mit ihm haben. Den Hof hatte er von dem Geld gekauft, das er in vier Jahrzehnten auf die hohe Kante gelegt hatte. Es war ein fünfstelliger Betrag, denn für eine Frau und eine Familie hatte er in den zurückliegenden vier Jahrzehnten nie sorgen müssen. Er war unfreiwillig Junggeselle geblieben, obwohl er ein herzensguter, wenn auch nicht gerade ein schöner Mann war.

Seine Liebe galt den Tieren, nicht nur den Kälbchen, Rindern, Kühen, Pferden und Schweinen, mit denen er fast ein Leben lang gearbeitet hatte, sondern vor allem denen, die wie er ein langes Arbeitsleben hinter sich hatten, von der Arbeit kaputt waren oder schlecht behandelt wurden. Ihnen wollte er einen schönen Lebensabend bieten. Er wollte nicht mit den großen Gnadenhöfen in Deutschland und Österreich konkurrieren. Es sollte kein auf Hunde, Pferde oder ehemalige Zirkustiere spezialisierter Gnadenhof mit tiermedizinischen Betreuungsleistungen sein. Er wollte leidenden Tieren helfen, ihnen auf seinem Hof eine Zuflucht und neue Heimat bieten. So klein sein Hof auch war, für drei, vier Tiere sollte er ein Gnadenhof werden.

Der Wanderesel Ramon

Das erste Tier auf seinem Gnadenhof war ein Esel. Auf ihn war er durch eine Kleinanzeige aufmerksam geworden. Darin hieß es: „Wander-Esel sucht eine neue Heimat. Kostenlos abzugeben." Der Esel hieß Ramon. Er hatte zunächst für wandernde Familien das Gepäck bei den mehrtägigen Burrotrecks durch die Berge Spaniens und zuletzt im Elsass durch die Vogesen geschleppt, aber dann hatte Ramon beschlossen, nicht länger Lastesel sein zu wollen.

Er war immer häufiger plötzlich stehen geblieben. Das kommt bei den eigenwilligen Eseln vor. Deshalb gelten sie als stur oder störrisch. Aber diesen Ruf haben sie eigentlich nicht verdient. Manche Redensarten stellen die Wahrheit geradezu auf den Kopf. „Dummes Schwein" ist dafür ein gutes Beispiel: Schweine sind in Wirklichkeit hochintelligent. Auch Esel.

So ist die Beschimpfung eines Menschen als „dummer Esel" oder die Bezeichnung „Eselei" für ein törichtes Handeln eine unzutreffende Verunglimpfung. Esel sind schlau, vorsichtig, wägen Gefahrensituationen ab und wählen dann, wie bei Gängen durch ein Gebirge, einen sicheren Weg. Dazu brauchen sie Bedenkzeit. Das ist keine Sturheit.

Ramon ist die Wanderlust vergangen

Die ungeduldigen Wanderer wollten Ramon diese Zeit nicht geben. Sie machten den Fehler, ihn laut anzuschreien, zogen heftig an der Führungsleine. Sie bereiteten ihm Stress. Einige suchten sich sogar einen Stock und verpassten ihm damit Hiebe. Darauf reagierte Ramon wirklich verstockt und keilte gefährlich nach hinten aus. Als sich die Beschwerden häuften, war er als Wanderesel nicht mehr einsetzbar. Denn sein scheinbar störrisches Verhalten sprach sich herum und schreckte Kunden ab.

Nun war er auf Krapinskis Gnadenhof gelandet, genoss die Ruhe und das gute Futter. Krapinski wusste, dass Esel soziale Herdentiere sind und Artgenossen sehr vermissen. Vielleicht rief Ramon auch deshalb schon in aller Frühe und mehrmals am Tag weithin hörbar I-Aah. Er hoffte, Artgenossen zu finden, die ihm antworteten würden. Aber Krapinski hatte nicht genug Geld, um einen zweiten Esel zu kaufen. Außerdem befürchtete er, die Beschwerden im Dorf über die frühen I-Aah-Rufe würden noch zunehmen, wenn ein zweiter Esel die Bewohner aus dem Schlaf weckte. Er wusste, er musste eine Lösung finden, weil Ramon in seiner Traurigkeit viel zu viel auf der Weide futterte und immer fetter wurde.

Der Zufall kam ihm zu Hilfe. Der Tierarzt, der bei den Bauern im Dorf dafür sorgte, dass das Milchvieh gesund blieb, war auf ihn aufmerksam geworden, weil sich die

Bauern mit Krapinski solidarisch erklärt hatten. Sie mussten auch früh in die Ställe und störten sich nicht, anders als die Langschläfer, an den Eselrufen. Der Tierarzt besuchte Krapinski und erzählte ihm, dass die für den Tierschutz zuständigen Veterinärbehörden völlig vernachlässigte, halb verhungerte Ponys eines Schaustellers beschlagnahmt hätten, der auf den Jahrmärkten Ponyreiten für Kinder veranstaltete. Solche Veranstaltungen hatten zwar schon einige Städte und Gemeinden verboten, weil sie das ständige Laufen der Ponys im Kreis für Tierquälerei hielten, aber einige Gerichte waren dieser Ansicht nicht gefolgt und hatten Ponyreiten auf Jahrmärkten weiter erlaubt.

Der Schausteller war ein Alkoholiker und schlief häufig seinen Rausch aus, statt die Tiere zu versorgen. So waren sie in einen erbarmungswürdigen Zustand geraten. Wenn er Interesse an einem beschlagnahmten Pony hätte und sich bereit erklärte, es auf seinem Gnadenhof gesund zu pflegen, könne er sicherlich eines der Ponys haben.

Das Shetlandpony Aileen

Der Tierarzt hatte Fotos von den Ponys dabei und zeigte sie Krapinski. Dieser schaute sich alle lange an und entschied sich dann für ein Shetlandpony. Es war nicht ganz so heruntergekommen wie die anderen. Das Pony hörte auf den Namen Aileen McNeil. Es war nicht nur bis auf die Knochen abgemagert, es sah auch ungepflegt und verwildert aus. Seine buschige Mähne und sein Schweif waren lang und schmutzig. Das Pony war nicht sehr groß. Es hatte ein Stockmaß von 95 Zentimetern. Mit dem Stockmaß misst man die Größe eines Pferdes oder Ponys. Maß genommen wird am Widerrist. Das ist das untere Ende des Halses, der bei Vierbeinern erhöhte Übergang zum Rücken. Aber im Verhältnis zu seiner geringen Größe war es wie alle Shetlandponys mit ihren kurzen Beinen ein kräftiges kleines Nutzpferd.

Weil sie Kraftpakete sind, mussten Shetlandponys früher vor allem in Großbritannien unter Tage die Wagen mit den Kohlen schleppen. Das war ein hartes Schicksal. Da haben es die genügsamen robusten Ponys besser, die heute vor allem als Reitpferde für Kinder genutzt werden oder, weil sie intelligent sind, im Zirkus auftreten. Dies gilt natürlich nur, wenn sie besser als Aileen behandelt werden.

Aileen ist wieder gut im Futter

Krapinski hoffte, Aileen und Ramon würden Freunde werden. Sicher war das aber nicht, denn so artverwandt die beide zu den Equiden zählenden Tiere sind, ihre Charaktere und Bedürfnisse sind unterschiedlich. Die grauen Langohren sind viel bedächtiger als die Kleinpferde, die gegenüber Eseln zu einem dominanten, hochnäsigen Verhalten neigen. So wusste er, dass beide füreinander nur Partner zweiter Wahl waren. Als Aileen auf die Wiese trabte, blieb Ramon auf Distanz.

Ob sein mehrfaches I-Aah ein Willkommensgruß war oder bleib-mir-vom-Hals bedeutete, wusste Krapinski nicht. Auch das Wiehern von Aileen konnte er nicht interpretieren. Diese Freundschaft musste offenbar erst wachsen.

Krapinski wusste, dass sich die Arbeit für das Heumachen, das Saubermachen der Ställe, für das Errichten und den Unterhalt der Zäune sowie die Kosten für den Tierarzt, für die Entwurmung und Hufpflege, für das gelegentliche Zufüttern von Karotten und Äpfeln verdoppeln würden. Auf Spenden für die Finanzierung seines Gnadenhofs zu setzen, war zu ungewiss. Sie konnten ausbleiben oder zu gering ausfallen. Er musste sich, neben seiner kleinen Rente, eine zweite Einkommensquelle verschaffen.

Zwei echte Freunde

Die Schulhündin Grace

Er dachte noch darüber nach, als ihn die Lehrerin einer Nachbargemeinde besuchte. Sie hatte durch die Kinder ihrer Schule von seinem Gnadenhof erfahren und berichtete ihm von den Problemen, die sie neuerdings mit ihrem Schulhund hatte. Es war eine eigentlich sehr liebe Schulhündin. Die Golden-Retriever-Dame hieß Grace, so wie die schöne frühere amerikanische Schauspielerin und ehemalige Fürstin von Monaco. Grace war ein Prachtexemplar unter den mittlerweile mehr als eintausend Schulhunden in Deutschland, war auf Seminaren und Kongressen vorgeführt worden.

Die Anwesenheit des immer freundlichen, ausgeglichenen, absolut verträglichen und nervenstarken Hundes während des Unterrichts, das Streicheln und aufmerksame Zuhören hatte die Kinder in jeder Hinsicht motiviert. Sie hatten sich darum gerissen, in den Pausen für Grace zu sorgen, ihr Wasser zu geben und mit ihr zu spielen. Sie hatte zappelige und lärmende Kinder ruhiger gemacht, denn die viel besser als Menschen hörenden Hunde mögen keinen Lärm. Sie hatte für mehr Disziplin im Unterricht und eine bessere Konzentration der Schüler gesorgt.

Sie hatte schüchterne, verunsicherte Schüler, die häufig aus schwierigen sozialen Verhältnissen kamen, selbstbewusster gemacht, ihr Lernverhalten, Sozial- und Kommunikationsverhalten sehr günstig beeinflusst.

Aber seit Grace von einem Schüler mit voller Absicht übel auf die rechte Vorderpfote getreten worden war, war sie wie verwandelt. Die Lehrerin hatte den bösen Tierquäler mit dem Ausschluss von allen Ausflügen bestraft und weit von dem Hund weggesetzt, aber es half nichts. Grace war nun, wenn sich ihr ein Kind näherte und sie streicheln wollte, misstrauisch geworden, wurde unruhig und knurrte, wenn sie eine Gefahr witterte. Das Risiko, dass Grace das Verhalten eines Kindes missverstehen und dann vielleicht zubeißen würde, war zu groß geworden. Die Lehrerin musste Grace aus dem Schuldienst entlassen.

Sie und ihre Schüler würden gerne, wenn er Grace auf seinem Gnadenhof aufnähme, Tierpaten werden und zu Spenden aufrufen, sagte sie. Sie würden an der Schule sammeln, um die Kosten für ihn zu reduzieren.

Sie hatte auch einen Vorschlag, wie er sich eine zweite Einkommensquelle erschließen könnte. Ihr Bruder sei ein tierlieber Schreiner, sei aber gegen Hunde-und Katzenhaare allergisch. Deshalb könne er Grace nicht zu sich nehmen. Aber er würde ihm einen Hühnerstall bauen, 12

26

Hühner und einen Hahn schenken, mit dem er eine Hühnerzucht für Bio-Eier starten könnte. Das war verlockend. Herr Krapinski willigte ein.

Das wird seine Villa „Hühnerglück"!

Die Kätzchen von Mieze Mäuseschreck

Die Hauskatze Mieze Mäuseschreck

Die Lehrerin brachte Grace mit ihrem Hundekorb und einer Hundedecke schon am nächsten Tag nach dem Schulunterricht. Grace fühlte sich gleich wie zu Hause und beschnupperte die Kätzchen der Hauskatze Mieze Mäuseschreck. Diese war pechschwarz und hatte weiße Pfoten. Mäuseschreck hieß sie immer noch, obwohl keine Maus mehr vor ihr Angst haben musste, denn sie war fast erblindet, trank viel Milch und ernährte sich nur noch von dem Katzenfutter, das Krapinski ihr kaufte.

Mäuseschreck ließ zu, dass Grace ihre Kinder beschnupperte. Die Redensart: „Wie Hund und Katz sein", passte auf sie und Grace nicht. Zwar reckte Mäuseschreck ihren gekrümmten Schwanz drohend in die Höhe, aber Grace wurde für ihre Zutraulichkeit nicht mit dem Hieb einer Katzenpfote verwarnt. Das war verwunderlich. Wusste Mäuseschreck mehr über den Zustand von Grace als die Lehrerin? Schonte die Katzenmutter eine werdende Hundemutter? War Grace vielleicht deshalb aus dem Schuldienst entlassen worden, weil sie ungeplant schwanger geworden war?

Krapinski beschloss, Grace in den nächsten Tagen genau zu beobachten und sie von den beiden Hufträgern fernzuhalten, denn ein Huftritt hätte sie und ihren vielleicht heranwachsenden Nachwuchs töten können.

Das kleine Glücksschwein Frieda
(Photo by Christopher Carson on Unsplash)

Das Ferkel Frieda

Er hatte sich vorgenommen, am Nachmittag das Gelände zu planieren, auf dem die Villa Hühnerglück stehen sollte. Aber Krapinski kam nicht dazu. Vor dem Hof hielten zwei Polizisten. Sie hatten ein quiekendes Ferkel im Heck ihres Autos und berichteten, es müsse ganz offensichtlich aus einem Tiertransporter auf dem Weg zu einem Mastbetrieb entkommen sein. Es sei kreuz und quer am ehemaligen deutsch-belgischen Grenzübergang bei Steinebrück über die Autobahn A 60 gelaufen. Dort musste der Fahrer für einen Zwischenstopp geparkt haben. Autofahrer hätten sie alarmiert, mit ihren Fahrzeugen die Autobahn blockiert, um das Tier zu retten. Die Blockade habe einen gewaltigen Stau ausgelöst, aber das Ferkel sei nicht überfahren worden. Sie hätten auch den Polizisten geholfen, das über die Autobahn flitzende Tier einzufangen. Die Polizisten wollten es nicht irgendeinem Bauern schenken, denn diese würden es wohl über kurz oder lang schlachten oder verkaufen. Das Ferkel sei mit viel Glück am Leben geblieben. Nun wollten sie, dass es ein Glücksschwein wird, glücklich mit anderen Tieren zusammenlebt und seinem Hof Glück bringe.

Krapinski war gerührt. Er brauchte wirklich Glück, wenn sich sein Lebenstraum von einem Gnadenhof erfüllen sollte.

Die Zukunft seines Hofes blieb ungewiss, denn seine Geldnot war groß. Frieda, so hatten die Polizisten das Ferkel genannt, fühlte sich wohl auf dem Hof. Es fraß Mieze Mäuseschreck als erstes das Katzenfutter weg und machte sich dann über das Futter von Grace her. Mit so viel Dreistigkeit hatten beide nicht gerechnet. Eigentlich hört der Spaß unter Tieren auf, wenn eines dem anderen das Futter wegschnappt. Dann ist Streit vorprogrammiert.

Kinder wissen das, wenn sie einem Geschwister den Pudding wegessen. Aber es war der Beginn einer wunderbaren Freundschaft.

Hühner auf dem Hof

Krapinski lächelte glücklich, als er seine zuvor begonnene Arbeit fortsetzte. Er hatte sich von dem Schreiner die genauen Maße des Hühnerschuppens geben lassen. Er sollte von einer kleinen Freilauffläche umgeben werden. Stall und Freilauffläche sollten durch einen für den Fuchs unüberwindbaren zwei Meter und fünfzig Zentimeter hohen Maschendrahtzaun gesichert werden. Die Hühner sollten zwar tagsüber frei auf den Wiesen laufen, aber am frühen Abend wollte er sie mit Körnerfutter wieder in den Stall locken. Hier sollten sie tagsüber ihre Eier legen und sicher die Nacht verbringen. Die Tür zu den Wiesen sollte tagsüber offen bleiben, aber abends verriegelt werden. Hühner ziehen sich nämlich schon vor Einbruch der Dämmerung in den Stall zurück. Dies bedeutet die Redensart „Mit den Hühnern schlafen gehen". Dafür sind sie bei Sonnenaufgang ausgeschlafen und putzmunter, wenn sie nicht bereits zuvor vom Hahn geweckt wurden. Manche Hähne krähen nämlich schon zwei Stunden vor Sonnenaufgang zum ersten Mal und reißen dann ein ganzes Dorf aus dem Schlaf.

Frederick (Photo by Dusan Smetana on Unsplash)

Der Dorfschreck Frederick

Nachdem vom Schreiner die Villa Hühnerglück für die gackernden Hühner und den Kikeriki rufenden Hahn geliefert worden war, erwies sich dies schon nach wenigen Tagen als schwere Belastung für die Beziehung des Dorfes zum Gnadenhof. Die meisten Dorfbewohner wollten einfach länger schlafen, als der Hahn es zuließ. Für sie war die Nacht an manchen Tagen schon kurz vor vier Uhr zu Ende.

Der Gnadenhof fiel bei dem Dorf in Ungnade.

Schon die I-Aah-Rufe des Esels hatten viele aufgebracht. Das allzufrühe Kikeriki des Hahnes brachte das Fass zum Überlaufen. Einige sagten Krapinski barsch ins Gesicht, am liebsten würden sie seinem Hahn den Hals umdrehen. Sie kündigten an, sie würden kein einziges seiner ohnehin viel zu teuren Bio-Eier kaufen. Er müsse sich Käufer in anderen Dörfern suchen. Die Wiesentaler würden ihn bestreiken.

Aber die Abschaffung des Hahnes kam für Krapinski nicht in Frage. Er brauchte ihn aus mehreren Gründen. Der wichtigste war, dass nur aus befruchteten Eiern Küken schlüpfen und die Zukunft seiner Zucht sichern konnten. Das leistete der Hahn, indem er die Hühner trat. Das war keine körperliche Misshandlung, sondern ist der Fachausdruck der Hühnerzüchter für die Befruchtung. Diese beginnt mit der Balz des Hahnes. Er bäumt sich auf, lockt die Hennen ins Nest oder preist Futter an. Ist die Henne paarungswillig, duckt sie sich, der Hahn hält sich mit dem Schnabel am Halsgefieder fest und stellt sich auf die Flügel. Die Henne hebt ihr Hinterteil an, und der Hahn kann seine Samenflüssigkeit in die Kloake der Henne füllen. Die Kloake ist der Lege- und Darmausgang der Henne, ein nicht gerade Sympathien weckender Fachausdruck der Vogelfreunde.

Krapinski war überzeugt, die Villa Hühnerglück würde ihren Namen nicht verdienen, wenn er auf die Befruchtung verzichtete und nur von den Hennen unbefruchtete Eier bekäme. Wenn er den Hahn entfernte, würde die Hühnergruppe ihren Anführer, Warner und Verteidiger verlieren.

Der Lieblingshof der Dorfkinder

Unter   Dorfkindern war der Gnadenhof beliebt. Sie
wurde   r Hilfsdienste, für Einkäufe und für das Einsam-
meln v   Eiern belohnt, die die Hühner in den Wiesen
verlegt   ten.

Sie dur   das Shetlandpony Aileen und, wenn er gut ge-
unt v   sogar den Esel Ramon reiten. Für beide hatte
rapin   von den Vorbesitzern Sättel erhalten. Die zwölf-
rige   oni, deren Eltern aus Bayern zugewandert waren,
te s   n zwei Jahre Reitunterricht gehabt und konnte
i   jü   ren Brüder Johann und Georg, aber auch Claas
u   '   s lehren, wie man sich im Sattel hielt. Viel pas-
sie   nte beim Reiten nicht, denn die Fallhöhe vom
Rüc   ar gering, die Tiere waren gutmütig, gingen wie
Ramon meistens nur Schritttempo, und die Kinder trugen
ihre Fahrradhelme.

Man hatte den Eindruck, auch Aileen und Ramon machte
es Spaß, von den Kindern geritten zu werden. Sie kamen
immer sofort von der Weide angelaufen, wenn sie die Kinder erspähten und genossen es, wenn sie gekrault wurden,
mit Karotten oder Äpfeln gefüttert wurden.

37

Am liebsten wären die Kinder mit ihren Rädern gar nicht mehr nach Haus gefahren, als Grace sechs gesunde Welpen zur Welt brachte. Die niedlichen Kleinen entzückten die Kinder und Grace ließ es zu, dass die Kinder ihren Nachwuchs streichelten.

Zwar bekamen die Kinder manchmal auch Eier zur Belohnung mit nach Hause, aber die meisten wurden von einem über die Dörfer fahrenden Eierhändler abgeholt. Die Lehrerin hatte diese Geschäftsfreundschaft vermittelt, denn sie selbst hatte immer teure Bioeier gekauft.

Liebevolle Mutter

Rätselhafte Eierdiebe

Fast wäre der Gnadenhof aber trotz der sich gut verkaufenden Eier pleite gegangen, als immer häufiger Eier gestohlen wurden, nicht nur aus den Nestern in der Wiese, sondern auch aus der eingezäunten Villa Hühnerglück. Krapinski konnte sich keinen Reim darauf machen, wer der Eierdieb war. Er kam immer in der späten Dämmerung oder in der Nacht. Eines der Kinder konnte es nicht sein. Sie waren alle ehrliche, anständige kleine Tierfreunde und lagen im Bett, wenn der Eierdieb auf Raubzug ging. Unter den Dorfbewohnern gab es zwar einige, die Krapinski am liebsten auf den Mond geschossen hätten, weil ihnen das Krähen des Hahnes und die Eselsrufe auf den Geist gingen, aber strafbar machen wollten sie sich sicher nicht.

Um das Rätsel zu lösen, kaufte Krapinski für über 60 Euro eine Fotofalle, eine Wildtierkamera. Sie löst sich automatisch bei Tag und Nacht aus und schießt ein Foto, wenn jemand das Sichtfeld durchquert, auf das sie gerichtet ist. Als Krapinski am Morgen nach der Installation die Fotofalle kontrollierte, stellte er fest, dass er sein Geld verschwendet hatte. Sie hatte nicht funktioniert. Das war höchst ärgerlich.

Denn in der darauf folgenden Nacht hatte der Dieb nicht nur Eier gestohlen, sondern auch 12 seiner nun 24 Hühner getötet. Er musste in einen mörderischen Blutrausch gefallen sein. Krapinski inspizierte lange seinen Zaun. Er fand zuerst kein Loch, durch das der Dieb geschlüpft sein könnte. Auch hatte sich der Dieb nicht unter dem Zaun hindurch gegraben. Das wäre möglich gewesen, denn Krapinski war es zu mühsam gewesen, den Zaun auf ein 40 cm tiefes Streifenfundament zu stellen. Er suchte die über zwei Meter hohen Maschendrahtwände ab. Sie waren unversehrt. Ein Fuchs konnte es also nicht gewesen sein. Die Villa Hühnerglück hatte seinen Hühnern bisher kein Glück gebracht.

Villa Hühnerglück

Ein Marder bringt den Hof in Gefahr

Dann untersuchte Krapinski die Maschendrahtdecke seines Hühnerkäfigs. Er entdeckte, dass der Sturm einen Ast von dem Baum abgerissen hatte, der über dem Käfig stand. Der Ast hatte bei dem Sturz ein fünfzig Quadratzentimeter großes Loch in die Maschendrahtdecke gerissen. Dadurch könnte ein Marder oder ein Waschbär geschlüpft sein. Beide sind gute Kletterer, fressen Hühner und ihre Eier. Und obwohl beide intensiv bejagt wurden, gab es in den Wäldern und in Dorfnähe noch genug. Der Abschuss von über 166 500 Waschbären im Jagdjahr 1918/19 hatte die Waschbärenplage nicht beendet. Krapinski tippte auf einen Marder. Von ihnen waren im selben Jahr 44000 geschossen worden, worüber sich die Autofahrer freuten, denen sie schon einmal die Kabel zerfressen hatten. Weil bei vielen getöteten Hühnern nur der Kopf abgebissen worden war und etliche Hühner das nächtliche Chaos überlebt hatten, konnte eigentlich nur ein Marder der Übeltäter gewesen sein. Er musste über den Baum in den Käfig gelangt sein. Die überlebenden Hühner hatten wohl aufgehört, aufgeregt zu flattern und sich still verhalten. Dadurch hatten sie keinen Tötungsreiz mehr ausgelöst.

*Der Marder biss den Hühnern die Köpfe ab
(Photo by Zdeněk Macháček on Unsplash)*

Krapinski flickte das Loch in der Decke des Käfigs und sann über die Möglichkeiten nach, eine Pleite seines Gnadenhofes abzuwenden.

Der Händler, der seine Bioeier vertrieb, hatte seiner Kundschaft in anderen Dörfern und in Sankt Vith von dem Unglück erzählt, das über den Gnadenhof hereingebrochen war und in seinem Verkaufswagen eine Spendenbüchse für den Hof aufgestellt. Es war schon eine dreistellige Summe zusammengekommen. Der Tierarzt hatte das Gleiche getan. Und die Lehrerin, die ihm Grace gebracht hatte, hatte Interesse daran gezeigt, einen Welpen als Schulhund ausbilden zu lassen. Sie war auch bereit, einen Brief an die vielen gemeinnützigen Vereine des „Qualitätsnetzwerks Schulbegleithunde e.V." zu schreiben. Sie wollte darin von Grace und ihren Welpen sowie von dem in seiner Existenz gefährdeten Gnadenhof berichten. Sie hoffte, dadurch einige weitere von Graces Welpen an Interessenten vermitteln zu können und dafür gute Preise zu erzielen.

Wo ist Frederick?

Frederick wird gestohlen

Die Kinder hatten den Hahn Frederick genannt. Sie kannten die Geschichten vom Struwwelpeter und dem bösen Friederich, dem argen Wüterich, nur zu gut. Frederick sollte an den bösen Friederich erinnern. Der Hahn war schon immer aggressiv gewesen, hatte eifersüchtig über seine Hennen gewacht, jeden Nebenbuhler vertrieben.

Aber nach dem Überfall, der Tötung der zwölf Hennen, lief er geradezu Amok. In jedem, der sich seinem Hühnerhaufen näherte, sah er eine Bedrohung, schoss wie eine Rakete auf die vermeintlichen Feinde zu und hackte in alles an ihrem Körper, was er erreichen konnte. Das waren zum Glück meistens nur die Beine der Flüchtenden. Überall auf dem Hof waren Blutspuren zu sehen.

Die Geschichte von dem verrückten Hahn auf dem Gnadenhof, der auf Besucher losging, verbreitete sich in der Gegend wie ein Lauffeuer. Als die Lokalpresse darüber schrieb und ihren Bericht auch noch mit der irreführenden Überschrift versah „Bissiger Hahn auf dem Gnadenhof" kamen immer mehr Neugierige auf den Hof. Natürlich biss der Hahn nicht, er war ja kein Hund, sondern hackte, aber dies nach einer Verfolgungsjagd in hohem

Hinter dem Maschendraht ist Sicherheit

Tempo und mit einer Überraschungstaktik, mit der er Flüchtenden den Weg abschnitt.

Um die Furcht seiner Leser noch zu steigern, hatte der Lokaljournalist seinen Artikel mit einem Bericht über einen australischen Hahn garniert, der eine Seniorin beim Eiersammeln getötet hatte. Dieser Hahn war auf die Frau im Hühnerstall losgegangen und hatte sie durch Schnabelhiebe ins linke Bein tödlich verletzt. Nach der Hackattacke war die Frau zusammengebrochen und verblutet. Ihr Tod aber war die Folge von Krampfadern, die die Frau hatte.

Der Besitz eines aggressiven Hahnes kann für den Eigentümer teuer werden. Darauf machte einer der zahlreichen Leserbriefe aufmerksam, die zu dem Artikel erschienen. Der Schreiber berichtete von einem Bauaufseher, der im Sommer 2013 während Straßenbauarbeiten im oberbayerischen Landkreis Ebersberg von einem aggressiven Gockel angegriffen worden war. Er hatte versucht, dem Tier auszuweichen. Dabei war er gestolpert und auf die Straßenkante gefallen. Bei dem Sturz brach er sich einen Lendenwirbel. Der Hahn ließ nicht von ihm ab und griff ihn weiter an, bis sich der Bauarbeiter in ein Nachbarhaus retten konnte. An den Folgen der Attacke litt der Bauaufseher lange. Die Besitzer des Hahns wurden zu einer Schmerzensgeldzahlung in Höhe von 37.000 Euro verurteilt. Die Folgen seiner Kampfeslust waren für den Hahn gravierend. Die

Besitzer gaben die Hühnerhaltung daraufhin auf. Sie wollten so etwas kein zweites Mal erleben. Der Gockel wurde geschlachtet.

Ein anderer Leserbriefschreiber empfahl ein Anti-Aggressionstraining. Da der Hahn dieses Training nicht machen würde und auch nicht konnte, blieben nur kluge Ratschläge für Menschen. Dies war die Empfehlung einer wertschätzenden Kommunikation, was wohl bedeutete, man solle den Hahn für seine Angriffe loben, mit denen er die Hennen schützen wollte, statt ihn zu beschimpfen. Leichter zu befolgen war der Rat, den Hahn nicht zu provozieren und zu kooperativen Übungen. Eine solche Übung konnte darin bestehen, Hahn und Hennen mit Körnerfutter zu füttern, aber die Verteilung des Futters dem Hahn zu überlassen. Das würde seine Autorität gegenüber den Hennen stärken, erschien er doch dadurch als der alleinige Wohltäter.

Krapinski sperrte den Hahn also lieber ein. Er blieb nun allein im Stall, während die Hennen weiter auf den Wiesen frei herumliefen. Das war eine tiefe Kränkung und Untergrabung der Autorität des Hahnes gegenüber den Hennen, konnte er dadurch doch alle seine Aufgaben nicht mehr erfüllen.

Als Krapinski am darauffolgenden Tag die Tür zur Wiese öffnen und Frederick daran hindern wollte, den Hennen nachzulaufen, bemerkte er, dass der Hahn nicht mehr im Stall war.

Er war gestohlen worden. Die Diebe wollten den aggressiven Hahn offenbar bei einem illegalen Kampf einsetzen. Krapinski zeigte den Diebstahl bei der Polizei an, erntete aber nur ein Achselzucken. Sie hätten eigentlich Wichtigeres zu tun, meinten die Polizisten, als Hühnerdiebe zu jagen. Aber wenn sie einen Tipp bekämen, wo der Hahn gefangen gehalten würde, würden sie ihn befreien und auf den Gnadenhof zurückbringen. Rufen Sie doch den Journalisten an, empfahlen sie ihm, der schon einmal über Frederick berichtet hatte und bitten ihn, einen Fahndungsaufruf zu veröffentlichen. Es vergingen zwei Tage. Am dritten Tag nach der Veröffentlichung bemerkte Krapinski, als er den Hühnerstall öffnete, dass Frederick wieder da war.

Den Dieben war ihr Diebstahl zu heiß geworden. Sie befürchteten, dass man ihnen auf die Schliche kommen und die illegalen Hahnenkämpfe in einer Gartenkolonie entdecken würde. Frederick war unversehrt. Zur Begrüßung hatte er wieder das Dorf geweckt.

Neugieriges Huhn

Der Dorfschreck wird zum Besuchermagnet

Die Rettung des Hofes war ausgerechnet Frederick zu verdanken. Krapinski war noch beim Frühstück, als es an der Tür klopfte. Es war der Ortsbürgermeister. Es sei ja unüberhörbar gewesen, dass Fredrick wieder zurück auf dem Gnadenhof sei, sagte er etwas verlegen lächelnd. Glückwunsch! Die Dorfbewohner hätten sich schon um die Zukunft des Dorfes gesorgt. Frederick habe schließlich Wiesental berühmt gemacht. Immer mehr Feriengäste seien in das Dorf gekommen, hätten Häuser, Wohnungen und Zimmer gemietet. Die Vermietung sei zum zweiten Standbein für die Bauern geworden, die stets über zu niedrige Milchpreise klagten. Frederick sei vom Dorfschreck zur Attraktion des Dorfes geworden. Ohne den Hahn und den Esel würde wieder Totenstille im Dorf herrschen.

Es gäbe so viele aggressive Hähne in deutschen Gemeinden, die vor dem Schlachten bewahrt werden sollten und auf einem Gnadenhof wie dem seinen ihren Lebensabend verbringen könnten.

Der Bürgermeister fragte ihn, ob sein Gnadenhof nicht in erster Linie ein Gnadenhof für vom Tod bedrohte aggressive Hähne werden könnte. Der Bedarf sei sicherlich groß. Krapinski lachte. Aus Fredericks Feinden waren seine größten Fans geworden. Der Gedanke gefiel ihm, aggressiven Hähnen das Leben zu retten. Das Kikerikigeschrei würde ihn nicht stören, denn seine Schwerhörigkeit nahm von Monat zu Monat zu, und die erforderlichen Umbaumaßnahmen würde er mit Helfern aus dem Dorf schon schaffen. Sie waren notwendig, um zu verhindern, dass die Hähne übereinander herfielen und den Gnadenhof in eine Arena für Hahnenkämpfe verwandelten.

Beim Hahnenkampf fliegen die Federn
(Foto: Bernd Floßmann)

Der Lokaljournalist brachte einen Artikel über die bevorstehende Erweiterung des Gnadenhofes zu einer Zuflucht für aggressive Hähne. Zum Glück hatten die Apotheken in St.Vith genug Ohropax. Alle Bewohner erhielten auf Gemeindekosten einen Gehörschutz. Nach einem Monat hatte Krapinski ein halbes Dutzend aggressive Hähne aufgenommen.

Der wilde Hahn Frederick wurde noch berühmter, als ein Fernsehteam auf dem Hof aufkreuzte und einen Film drehte. Er zeigte, wie Kinder Fredrick immer wieder zu seinen Kampfattacken provozierten. Unter ihnen galt es als Mutprobe, den Hahn herauszufordern. Sie suchten den Nervenkitzel, dem Hahn zu entkommen. Wer nicht mitmachte, galt als Feigling. Deshalb radelten immer mehr Kinder aus den Nachbardörfern herbei, obwohl es die Eltern verboten hatten. Aber auch Erwachsene suchten einen Schaukampf mit dem aggressiven Hahn. Einige traten mit dem Fuß nach ihm und bereuten später, wenn der Hahn sie dennoch ins Bein gehackt hatte. Von den Erwachsenen verlangte Krapinski kein Eintrittsgeld, aber ein großes Schild teilte ihnen mit, dass der Hof Spenden erwartete, um seine Not zu lindern.

Tierschutzvereine intervenierten nun aber immer öfter gegen diese neue Art der verbotenen Hahnenkämpfe, neu, weil diesmal Menschen und Hähne ihre Kräfte maßen.

Beim traditionellen Hahnenkampf werden zwei Hähne aufeinander losgelassen. Die Zuschauer wetten, welcher Hahn den Kampf gewinnt. Meistens wird dabei ein Hahn tödlich verletzt und stirbt. Solche grausamen Kämpfe sind alles andere als ein Sport. Um die Hähne zu schützen, sind sie in vielen Staaten verboten. Sie finden in einigen Ländern Zentral-und Südamerikas und auf den Philippinen aber immer noch statt.

Die Tierschutzvereine forderten, der aggressive Fredrick dürfe nicht mehr frei auf dem Hof herumlaufen. Er müsse zu seinem Schutz und zum Schutz der Kinder eingesperrt werden.

Hahnenkampfarena auf den Philippinen

Auch die Lehrerin kreuzte auf dem Gnadenhof auf und beklagte, die Kinder würden durch den freilaufenden aggressiven Hahn zu tierquälerischen Handlungen geradezu herausgefordert.

Dieser hochproblematische Hühnerzirkus müsse ein Ende haben, sonst könne sie den Gnadenhof nicht länger durch Spenden unterstützen. Frederick und mit ihm die anderen Hähne wurden in große Käfige gesperrt, jeder getrennt von allen Hennen und Hähnen. Diese Freiheitberaubung gefiel ihnen gar nicht. Sie machten ab diesem Tag einen traurigen Eindruck. Die Aufnahme auf dem Gnadenhof hatte ihnen zwar das Leben gerettet, aber der Preis war hoch: Gefangenschaft auf Lebenszeit.

So endete der Ruf Wiesentals als Dorf der Kampfhähne. Fredericks Foto schmückt bis heute den Eingang zum Hof. Er blieb Zeit seines Lebens ein aktiver und aggressiver Hahn. Er wurde zehn Jahre alt. Wiesental war wieder ein friedliches, wenn auch nicht gerade ein stilles Dorf. Das Kickeriki der Hähne klang wie Protestgeschrei. Es war weithin zu hören.

Stolzer Hahn

Exkurs

Wenn Menschen zu Rivalen werden

Hirschkühe haben ihren Platzhirschen, der zur Brunft-
zeit seine Aufgabe verteidigt, in seinem Rudel für Nachwuchs zu sorgen. Auch Hennen lassen sich nur ungern
von einem rangniederen Hahn befruchten. Dieses bleibt
in einem Hühnerharem dem ranghöchsten Hahn vor-
behalten. Er warnt sie vor Gefahren, beschützt und verteidigt sie. Er duldet keine Nebenbuhler, sondern kämpft
sie nieder. Das sind die Hahnenkämpfe, die als Sinnbild
häufig auf Menschen übertragen werden, wenn sie um
eine Führungsrolle kämpfen. Der Kampfeswille ist den
Hähnen angeboren. Diese genetische Vorbestimmung be-
stimmt ihr späteres Verhalten nicht so sehr, wenn sie als
Küken von einer Glucke gefüttert und aufgezogen werden.
Wenn sie von der Hand eines Menschen großgezogen werden, sehen sie Menschen nicht als artfremd an. Werden sie
geschlechtsreif, betrachten sie einen Menschen wie einen
anderen Hahn, als Rivalen, den sie unterwerfen müssen.
Es geht dann wie bei vielen Tiergruppen um die Rangfol-
ge oder wie bei Hühnern um die Hackordnung. Sieht der
Hahn in einem Menschen eine Gefahr oder Konkurrenten,
greift er ihn aggressiv an. Hat er schlechte Erfahrungen mit
Menschen gemacht, ist von ihnen getreten oder geschlagen

worden, wird sein Beschützerinstinkt geweckt. Er greift an, um seine Hennen zu beschützen. Wer mit einem Knüppel oder Besen versucht, seinen Angriff abzuwehren, steigert nur seinen Kampfeswillen. Ein Hahn weicht selten zurück. Wenn er es doch einmal tut, merkt er sich, dass von diesem Menschen Gefahr ausgeht. Er wird zu einem für ihn günstigen Zeitpunkt wieder angreifen, unerwartet, überfallartig aus dem Hinterhalt.

Ist der Mensch erst einmal in der Konkurrentenrolle, muss man dem Hahn zeigen, wer der Boss ist. Hühnerzüchter empfehlen, ihn bei einem Angriff zu packen, auf den Arm zu nehmen und erst wieder laufen zu lassen, wenn er sich beruhigt hat. Eine wirksame Methode ist auch, ihn mit der einen Hand herunter zu drücken, um mit der anderen Hand über den Rücken bis zur Kloake zu streichen. Das simuliert das Treten eines Huhns, ein Dominanzverhalten gegenüber unterlegenen Hähnen. „Menfighter" müssen vom Menschen unterworfen werden. Allerdings müssen sich Menschen darauf einstellen, dass sich der Hahn mit seinem Schnabel und seinen Krallen heftig wehrt.

Videos und Hintergrundinformationen

Wandern mit Esel in der Eifel

https://www.youtube.com/watch?v=5t24myl2fIs&t=3s

Hühner jagen Kinder

https://youtu.be/cGd4jvqpQUs

Aggressive Hähne –
Wieder Frieden schaffen im
Hühnerstall

https://huehnerhaltung.org/
aggressive-haehne-so-schaffen-sie-
wieder-frieden-im-huehnerstall/

Hahn greift unschuldige
Frau an

https://www.youtube.com/
watch?v=rCDuE3-3LpY

Hühner-Verhalten-aggressive
Hähne

https://www.huehner-haltung.de/
haltung/verhalten/aggressive-haehne/

Aggressiver Hahn. Was tun ?

https://www.youtube.com/
watch?v=P3K0G2ZZTuc&t=14s

*Kämpfende Jung- und
Althähne*

https://youtu.be/g9-grItf5ZU

*Hahnenkampf auf den
Philippinen*

https://www.daserste.de/information/
politik-weltgeschehen/weltspiegel/
videos/philippinen-hahnenkaemp-
fe-auf-leben-und-tod-100.html

Shetlandponys im
Heidelberger Zoo
https://youtu.be/c8HE6XM3iJ0

Golden retriever mom
teaching puppies
Golden Retrievermutter
erzieht ihre Welpen zur
Ruhe
https://youtu.be/KHBe0jT6S3U

Bildnachweise

Buchcover: Photo by Jairo Alzate on Unsplash

Seite 6, Titelfoto. Typischer Haushahn.Von Muhammad Mahdi Karim - Eigenes Werk, GFDL, https://commons.wikimedia.org/w/index.php?curid=69851962

Rückumschlagfoto: Hahn der Rasse Hamburger. https://commons.wikimedia.org/wiki/File:Silver-Spangled_Hamburg_Sam_dinner.jpg#/media/Datei:Silver-Spangled_Hamburg_Sam_dinner.jpg

Seite 10: Bettina Boemans mit „Rocky". Bettina Boemans

Seite 12: Hans-Theo Gerhards, LVR

Seite 13: https://commons.wikimedia.org/wiki/File:EisLaMi1.JPG#/media/Datei:EisLaMi1.JPG

Seite 14: Biberstau bei Ihren. Sigrid Nahrendorf

Seite 14: Seite 32, Seite 40, Seite 44, Seite 46, Seite 50, Seite 56 und Rückumschlag, Portrait des Autors: Eigene Fotos

Seite 18: Hausesel. https://commons.wikimedia.org/wiki/File:Equus_asinus_asinus_Kopf.JPG#/media/Datei:Equus_asinus_asinus_Kopf.JPG

Seite 22: Shetlandpony. https://commons.wikimedia.
org/wiki/File:Urbanherovantbarreeltje.JPG#/media/
Datei:Urbanherovantbarreeltje.JPG

Seite 28: Mäuseschrecks Kätzchen. Eigenes Foto

Seite 30: Ferkel (Photo by Christopher Carson on
Unsplash)

Seite 34: Frederick. Photo by Dusan Smetana on
Unsplash

Seite 38 und Seite 24: Golden Retriever
Birgit Möhlenbrock, Snowflake's Charming
http://www.moehlenbrock.org

Seite 42: Marder (Photo by Zdeněk Macháček on
Unsplash)

Seite 52: Hahnenkampffoto. Dr. Bernd Floßmann

Seite 54: Hahnenkampfarena in Davo City,
Philippinen: https://commons.wikimedia.org/wiki/
File:Cock_Fight_Arina_Davao.jpg#/media/Datei:Cock_Fight_
Arina_Davao.jpg

Weitere Bücher des Autors

Kalle und die Nachtjäger der Eifel ist ein Naturbuchtipp der Deutschen Akademie für Kinder- und Jugendliteratur e. V.

In der Empfehlung heißt es: „Ein engagiertes Sachbuch mit zahlreichen Abbildungen und informativen Texten, das nicht nur Kinder begeistern wird".

Fledermausvideos sind per QR-Codes integriert.
Das Ebook kostet € 2,99, das Taschenbuch € 8,99.

Weitere Bücher finden Sie auf der Autorenseite des Autors bei Amazon

Die Geschichte von der abenteuerlichen Flucht des sprechenden Mönchsgeiers Georg aus dem Adler- und Wolfspark bei Pelm in der Nähe von Gerolstein verändert die Wahrnehmung dieser verkannten Tiere. Die Liebe zu seiner Partnerin Lucia endet tragisch.

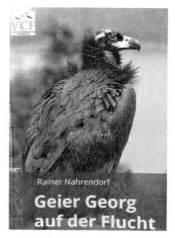

Rainer Nahrendorf

Geier Georg auf der Flucht

Den Besuch einer Greifvogelflugschau auf der Kasselburg kann man mit einer Wanderung über die Munterley, die Buchenlochhöhle und die Papenkaule verbinden. In die fantasiereiche Lebens- und Liebesgeschichte sind weiterführende Quellen und faszinierende Geiervideos über Web-Links und QR-Codes integriert.

Das Ebook kostet €4,49,
das farbige Softcover €18,99,
das schwarzweisse Softcover €11,99.

Genussradeln und Entdecker-
touren bietet der multimediale
Führer von Heinz-Günter Boß-
mann und Rainer Nahrendorf.
Der Planer für die schönsten
Radtouren der Eifel ist eine Lie-
beserklärung an die Eifel.
QR-Codes und Weblinks inte-
grieren Musik, Videos, Service-
und Hintergrundinformationen.

Der Reiseführer ist als Ebook zum Preis von 6,99€ und gedruckt
erschienen. Die Druckversionen kosten 10,99€ bis zu 29,99€.
Leser der Printversionen müssen die QR-Codes einscannen.
QR-Codescanner gibt es als zumeist kostenlose APP. Leser des
Ebooks sollten es auf ihr Smartphone oder Tablet herunterladen.
Sie können das Ebook mit einer häufig kostenlosen LeseAPP stu-
dieren. Wenn sie dann eine Internetverbindung haben, brauchen
sie die QR-Codes nur anzutippen oder anzuklicken.